港の人

付単行本未収録詩

北村太郎

港の人

函装画　岡鹿之助《古港》一九二八年
島根県立美術館所蔵

目次

港の人

1

暑い朝
たくさんの観念が
鼠いろになって目の前を通りすぎていく
それらは
とっても淋しい響きを残すわけでもないのに
音の幻としては
いつまでもうつ向いていたいくらいの
囁きである
色としては

濃淡がなさすぎて
もうすこしで
影になりそうに思える

そうやって
ほとんど観念が消えかかっているのに
〈ほら
〈もっと
〈早くしないと
汗をかきながら促しているんだから

観念は
別れを惜しみつつ

この世ならぬ
音と色とを考えないわけにはいかず
ツタの這う窓べに

2

どんなに想像力ゆたかな人でも
じぶんの
死に顔を思いえがくことはできない
と
日記に書いた
初夏

そのころから
「変わり果てた」

いまは秋
鼻は
まだ蚊取線香のにおいを覚えていて
女のセーターが
闇に
うかび

手鏡を
のぞきこむまでに
青ざめて

「あらぬこと」

いずれは
思いえがくこともなくなって
虫の息だけが

3

にんげんはことばを発明したときから
反自然の存在になってしまった

だから
いくら自然となかよくしようと思っても
なかなかむずかしい

たしかに
自然はうつくしい

あまりにうつくしくて
気が遠くなることもある
たくさんの花
おびただしい動物
それらはなんといとしく　かわいいことか

ところが
そのように自然と親和することじたいが
反自然なのだ
わたくしはそのことを知っている

だから
にんげんにとって

死はつねに反自然であることも知っている

つるべ落としの秋の日が
根岸の丘のうえから見える
こちらが反自然であればこそなんと自然はうつくしいか
なんとにんげんはなまめかしいか　を
よくわからしてくれる風景と対している

4

都市は輝いてみえる
すべての階段は
寛大に簡潔にひびき
街路樹は
こころよく全体を開いている
どの曲線も率直であり
あらゆる突起は自然である
色彩は
たとえ単色でもみずからを幾重にも変化させてゆき

ドアはどれもうしろ手で
しっかり閉められる
物には
ひとつひとつふさわしい名がつけられ
暗渠は整然と流れ
そして
一生は一日として
ありつづける
鉄道から
じゅうぶんな信号が発せられ
不在を確認してベルが切れる寸前にすこし感情をしめす電話は
光のおわりを告げようとするが
一日は

一生として
まもなく
まったく同じあすを夢みるだけである

5

弔問客は蒼蠅ばかり
と
いう文字がとつぜん目に入った
冬の日の午後
やました公園を散歩した

イチョウ並木が金色に染まり
太い幹のうえのほうがきらきら輝いている
ほんとうにカモの脚みたいな葉っぱが

広い歩道にたくさん落ちていた
そのうえを歩くと
この世でないみたいなたよりないない心持ちがする
いい天気で
ためいきも出そうにない
向こうから
助けてくれそうな人が
うなだれてやってこようとしている

6

時間がくるくるまわって
敷石をワン・ブロックさきの街角まで飛んで行く
煙のように垂れている耳に
日の落ちる音がきこえ
ビルの林はたちまち翳ってこようとする

うたいたくてもうたわず
うたいたくなくてもうたうのは
歩道のスズメたち
ここにも木枯らしがふいて
街灯を落葉樹みたいに見上げている

7

無は一つみたいだけれど
じつにたくさんある

必然をいくら細かに砕いてみても
ちっとも
偶然はでてこない

海の教訓は

とてもきびしい
でも
もっときびしくてもいいとおもいながら

午後
やました公園をひとまわりして
部屋に帰って
静物の位置をすこしなおす

8

窓が震えている
トゥーム・ストーンという名の
広告が
闇夜に立っている
雪が
みずからに怯えているかのように
叫んでいる
風の目はいっそう青ざめて
こちらを見つめているにちがいない
まぶたから伸びていく

足

きのうのドラムがいまごろ短く鳴ると
街灯がいっせいに消える
微笑らしいものが
コンクリートの壁に刻まれるけれど
だれにも知られないままだ
氷の
舌
屋根から垂れて慄えている
遠くでドアがばたんとしまった
〈だから　あなた
〈もっとはやく
とささやく声もとぎれがちだ

9

あの子がぼくに鏡をくれたのは
なぜか、と
ティシューでいきを吹きかけた面を磨きながら
かんがえている冬の朝
かんがえていながら
夕べ見た夢をおぼえていたことをおぼえていて
芯の夢を
ちっともおぼえていないと記憶しなおし
たばこをくわえて

ブックマッチを片手で開く
きょうも日が昇りますように、とだれもいわないが
どこかできっと
ちょうど言い終わっているところだ
プレーンオムレツみたいな顔をしたぼくがいて
煙の向こうから
たしかにこちらをのぞいていて
かんたんに鏡のなかへ入っていけたぞ
あの子がぼくにくれた鏡は、それを手前に上げると
物入れになっていて
ぼくは
そこによく秘密を入れる
たとえば、おくすり、にるいするもの

ですから
ほんとうは
向こうへなんかいけたわけはなくて
ニコチンはにがい
ブックマッチが落ちたところは枕のよこで
鏡は
まちがいなく斜めであり
そこに反りかえってじっとしているから
ゆうべ見た夢も
絵でなくて
ことばで帰ってこようとして

10

閉所恐怖があり
広場恐怖というのもある
キッチンでもなく
台所でもない狭い空間だけれど
料理はいそいそとする
北風が吹く（たぶん）青空に
カラスが
鋭い声で啼きかわしている朝

煮られるキャベツとタマネギとコショウのにおいが
ひろがる
女のためいきが
磨りガラスのそとの光から聞こえてきて
すぐに消える
カラスの影がそれを追って
左から右へ

ゆであがった卵の殻をむく
温かくてすべすべした緻密な白身が
ひたすらおいしい
朝にだって不幸が起こらぬとは限らない
ほんの少し窓を開け

港の手前の小都会をうかがう
あのひろびろとした怖い展望！
立ったまま
食べつづける
膜をくちびるで剝がして

11

ひどく冷たい強風なのに
カモメがいっぱい舞っていて
それらが
風に逆らったり順ったりしながらいっかな飛翔をやめようとしないのにおどろく
すごいエネルギーだ
それを観察しているこちらは
ヨットパーカのフードをすっぽりかぶっていて
目だけをいそがしく動かしている

灰色の船体、赤いマストのタグボートが憂鬱そうに汽笛を鳴らし
港を出ていく
きょうは朝から曇っていたが
とうとう雨が降ってくる

カモメはとってもいい目をしているのだろうか
見ているうちに
こちらはだんだん目が見えなくなってきたよ
いい加減にしてくれよ
あんまり正常な行ないを見ていると
人ってものは
退廃的になるんだ

12

とくににんげんは
たましいのぶんだけ体重が加わっているから
抱きあっても
ただの重さではない
罪のぶんだけ
目方が減るというのではなく
いやに軽くなったり

そうかとおもうと
たがいに
とつぜんずっしりとしてしまって
きみはぼくを銅鐸かとおもい
ぼくはきみを
材木かなと

13

過ぎ去ったよろこびは
まだこない悲しみ
日なたにいても影ができない一日が終わりかけていて
木陰でみんな息をひそめている
あの叫び声は
ずいぶん低いけれど
さっきからつづいていていて

波は一度だけ

気まぐれのようにプロムナードの白い岸壁にぶつかり
水を見つめているただ一組のカップルが
びっくりして
おどろくほどゆっくりと逃げる

もうじき夜
影が多すぎて
影のなかに影ができたりする
冬至
影があるのに
まったく光がないという影がある

いま

この世で唯一のカップルがベンチで抱きあっている
まだこないよろこびは
過ぎ去った悲しみ

14

古ネズミはチーズを食わない
というが
いくら年をとっても
ぜんぜんこりない
「いつまでも不良少年でいてください！」

という手紙をもらったのは一月
ちょうどブルーチーズに噛みついているときで
さすがにほろりとしてしまった
老いのみ老いて墓知らぬネズミ、か

15

いまは
航空機の時代だから
港はさびしい
大桟橋に中型貨物船が一隻しか停泊していないときもある

あるとき
丘から双眼鏡で港を見ていた
赤灯台、白灯台の港口のさきに
千トンぐらいの貨物船がブイにつながれていたが

そのきたないことといったら！
何回も塗り直したペイントのいちばん最近はいつだったのか
ひょっとしたら百年ぐらい前じゃないか
あれは何色といえばいいのか
よく眺めてみると
いちおう黒とか赤とか青とかがまざっているが
全体は
ひたすらくすんでいて
やけくそ色としかいいようがない
船尾の国旗が見えなかったので
どこの国の貨物船かわからなかったけれど
国なんてどうだっていいんだよ、というほどいばっているともみえず

ただ
波にゆらゆらしているだけだった

船は
アメリカやヨーロッパでは女性だが
ニホンでは、丸、というぐらいだからおとこなのか
あの貨物船
どうみてもうつむいている老いたる浮浪者だった

しゃれた船なんか
めったにやってこやしない
カモメを仰ぎながら口笛をふく

ドライ・ドックにあたしははいる
あたしあしたは
骨だらけ

16

おなかをこわす
からだをこわす
という
肺をこわす、とか
頭をこわす、なんていわない
どうしてかな、と考えながら開港資料館の前を歩いていく

ぼくの骨髄は
寒暖計で

それがきょうはずいぶん低いとおもう
水銀は腰のあたりか
うつむいて歩いていると
枯葉がすこし舞って、しつっこくついてくる

こんど恋人にあったら
たましい、こわしちゃってね、っていってやろうか
つぶやきながら
枯葉をけっとばし
愁眉をひらく
検疫所のビルの八階に喫茶店があるのを発見したのは
あれは
冬の始め

きょうみたいに寒い日で
エレベーターを降りながら
いいとこみつけた、と喜んでいた
きょうも
そこへ昇って、にこにこしていよう

17

元町の
船具屋の店は
間口がたったの一間
そのかわり奥行きがすごく深くて
はるかかなたに
やっとおやじの姿が認められる
まっ昼間でも
たいそう暗くて
てらてらしたおでこで

かろうじてそれと判断できるくらいだ
店先には
吊り下げ式のランプや
もやい綱などが並べてあるけれど
お客のいたためしがない
潜水眼鏡とか
時報用の鐘
なんのために置いてあるのかわからない大きな洗濯板のようなもの
まれにお客が来て
なにか買おうと思って声をかけようとしても
ついためらってしまう
なにしろおやじは
はるか遠くにすわっている

そこまで行くのがたいへんなのだ
まるで海の底に横に這って沈んでいくような心持ちになる
クモの巣か海藻か
えたいの知れぬ細いものが体に巻きつき
日の暮れになってもそこへたどり着けそうにない
だからお客は
みんな途中であきらめてしまう
しかし船具屋のおやじは
はるか遠いところでたしかに存在している
通行人はみんなそれを知っている

18

雪の海のうえから
女がやってくる
すこしほほえんでいる
街灯のわきを
斜めに光を受けてすばやくとおりすぎる
靴を履いていない
〈ゆうべはよかったわ
〈殺してっていったでしょ
踏んづけてやろうとおもって

路地から路地へ
雪のなかを歩いてゆく
おあつらえむきに汽笛がぼーっと鳴った
つめたい足が
マンホールを蹴る
そこから
歩みがきゅうにおそくなり
港を一望に眺められるちいさなホテルへ
白いカニみたいに
はいっていった

19

どのくらい前？
ほんのひと悲しみくらい前さ
a grief ago
と
ある詩人の言い方をまねてひとりごとをいってる
朝

やっぱり生は
死のやまいなんだよ

つまり
死は健全であって
それが病気になると生になるんだ

世界は
死に抱かれてるよ
あの世について未開人はたいてい暗いイメージを抱いてるけど
ほんとにそこはそうなのか
あの世なんてありはしないし
仮にあったとしても
こちらから見えはしない

朝

完璧に健康体である死をかんがえて
やまいである生を
薄い目でながめながら

だれにともなくきいてみる
きみ、いつから生きてるの？
どのくらい前？

20

病者

ごく薄くマーガリンをぬったパンを食べながら
パジャマのボタンをいじってる

ゆうべの記憶は
たぶんすぐに忘れる
ぜんぜん心配するひつようはない
こんど思い出すとしても死ぬときにきまってる

うつろな頭蓋に
もつれるほそい糸くずに感謝しよう
だれにも見えないのに〈ある〉というのはいいことだ

噛んでるパンはまだ半分のこっていて
顔は
コケみたいな緑いろになってる

窓をあけないほうがいい
こわれるものを見ることはない
どんなに悩んだって鳥の声はいつもとおんなじだ

一秒また一秒と地平線がずり上がってくるのは恐ろしいけれど

目をつぶっていればいい
動詞がひとつもおもいつかなくても気にしないこと
いつか

きっと動詞のほうがおまえをおもいつく

21

朝の光がさしこんできても
頭のなかの
舌は
とまろうとしない
しゃべっているのはへんなことばかり
と
気がついたときに
目が覚める

いちばん最後にペルソナ・ノン・グラータと呟いたようで
おもわず肩をすくめてしまう
ベッドに寝たままそんなことをするのなんてちょっとおかしいが

自然にそうしてしまう
人びとの影は
ことばより先に
もうとっくに光のなかに消えてしまっていて
壁は

きのうよりもずっと白い

22

現象を
たとえば色彩とおもうことで
こころが慰められることもある
いくつかの本質が
それぞれ日々刻々くずれていくとしても
白
黒
赤
それらの変化だけで生きていくのに事足りる

しかし
色彩よりもにおいのほうが懐かしく
すくなくとも本質の影のようにみえるとしたら

現象を
たとえば音とおもうことで……
でも
色彩と
時間とは
音と
空間とは
耐えがたい関係にしかありえなくて

においだけが灰に残っている
どんな
弔問のことばを述べればいいのだろうか

23

からだが
浮きあがるような感じ

子どもが経験する機会はめったになくて
そんなとき、子どもは
震えたりして
たいていは怖がる

子どもは怖がるけれど

大人は
それを求めるようになる
子どもにとっての恐怖が
大人にとっては
願望や快楽になる

求めないでも
それがやってくるときは
大人でもとっても怖くてがたがた震えるものがおり
かれらは
宙に浮きながら
おれの存在それじたい、犯罪であるにちがいない、とぶつぶついう

24

黄が緑にちかいように
死は
どこまで生にちかくて

きょうは一日
風がつよく吹いて
しかも
ひっきりなしに向きが変わり

船
倉庫、ホテル、ガントリクレーン
税関、県庁
どこにある旗もめまぐるしく揺れつづけていて

繊維の立てる音でも
けっこうそうぞうしいものだから

ひとり八階の喫茶店にはいり
ほくそえむ
つちけ色になって

25

船上にて

だれも見ていないから
心配することはない
と
いう思いをたいせつにして
はたしてなにをしないできたか
日の暮れは
残すべからざるものを残さず
叫び声を薄明かりのとどろきで聞こえなくしないようにしようとしない

根岸の丘は
シルエットになり
港内一周遊覧船の船尾旗は疲れきったようにはためく
帰るべき埠頭が
しだいに近づいてくるのが信じられない
見えるものが
見えなくなるよりないほど遠くになっていかないとは！

26

二月の独楽

あんなにもしっかり眠っていて
澄んでいたのに
いまは
納屋のすみで
ひたすら大きな目を開いて
なにも見えておらず
心棒は
傾き

縄は釘に
ヘビのように垂れてあり

至高の回転のときの響き（？）は
まぼろしにすぎず
しずまればしずまるまま
動けば動くままに
かたちは
どこまでもかたちから遠ざかろうとし
冬のネコですら
藁のふちからのぞくだけで
幾日も翳っていった

27

ガラス窓のすぐ向こうに見えるクスノキの部分
さっきから
すべての小さい葉がごくこまかに
たいそう速く震えている
音は
まったく聞こえない
空は曇っていて
部屋のなかは
うす暗く

そとはやや光が残り
クスノキはまだすっかり影になっていない
風はぜんぜんふいていない
寒さはきびしい
無数の葉は動きをつづける
一枚一枚がすこしずつちがった震えかたをしていて
ぜんたいとして
それらを見ていると
頭がおもむろに揺れてくる
かすかなちりちりした震えの時
鳥は
どこでおとなしくしているのだろう

28

ジンチョウゲがにおう
狭いコンクリートの坂道を下りるとちゅうで気がつく
夜

空は曇っていて
懐中電灯だけをたよりに
砂利が見えるほどの大きなひび割れがあって
それが

光の輪のなかに

つんのめったらたいへんだぞ
うしろからだれかが来る
こちらはゆっくりとしか歩けないから
足をとめて
さきにいかせる

だれだろう?

懐中電灯を空に向けたってなんの意味もないのに
そうしてしまう
死とは固有名詞との別れであり

人名よ、地名よ
さようなら、ってことだ
ちょっとあの世にいる気分になれたな、とおもう
いいにおいもしたし

29

坂道を
影がころがっていってから
音が絶えた
どの家も雨戸を立てておわってしまっていて
夕日は
とりかえしがつかない思いを
遠い橋にだけ
ごく短かいあいだ投げかけていた

背伸びをして
こちらをのぞいていたのはだれだったろう
路地は
昼間のたくさんの足音をおぼえていて
じっと薄闇にうずくまっているばかりだ
息をころして
過ぎゆくものを過ぎゆかせようとするが
夜は
これから底なしになっていく
ふいに錆がにおい
だれもいないのにセーターがにおう
犬が
跳ねながらこちらにのぼってくるらしい

いっしょに来るひとは
日没を見たろうか

30

むかし船員になりたいとおもったことがあった
いちばん下っぱの水夫がいいなとおもった
ペンキくさい底のほうで
労働するのはわるくないぞとおもった
そのころのぼくの愛読書はコンラッドで
なかでも『台風』とか『青春』とかの海の小説が気にいっていた
そんなのんきな夢は
とおいとおい昔のこと
きょうはQE2が出港するところを見に

やました公園へいった
数年前はこの巨大な船体を近くからつくづく眺めたが
こんかいは解纜のようすを観察してみたかったのだ
もやい綱をほどくのは午後六時と知っていたが
現場に着いたのはそれから五分あとで
QE2はもう動きだしていた
公園にはかなりたくさんの見物人がいて
左前方およそ四百メートル
薄闇の海面にゆっくり方向転換している船へ視線を向けていた
前の日、大桟橋に舳のほうから横づけになったので
バックで岸を離れ
じゅうぶんに艫に余裕をみたうえで
いっぱいに取舵をとらなければならない

ＱＥ２は左へまわっていた
それがとっても遅いようにも意外に速いようにもおもわれた
空がだんだん暗くなっていくにつれて
マストや客室の照明はいよいよあかるくなり
船の前後にいるパイロットやタグボートはだんだん見えにくくなった
やがて右舷が横一線になった
舳は港の入り口、赤灯台にまっすぐ向いている
ちょっと停止してからＱＥ２は
ぼーっと汽笛を鳴らし
反対側のやました埠頭の近くに固定されている氷川丸が
もっと低い音でぼーっとあいさつを返した
もうほとんど夕明かりが消えた水面をＱＥ２は直進しはじめる
ジェット機が主滑走路を走りだすのとおなじようなものだ

煙突のけむりはしだいに濃くなり
ＱＥ２はごく静かに
やはり遅いような速いような速度で港から出ていった
人生の一日はいつもあっという間に終わってしまう
たくさんの見物人といっしょに
ぼくも公園の林のほうへ引き返した
四月にしては風が寒く
青いセーターのぼくはすこし震えていて
はやくホテルの喫茶室でコーヒーが飲みたかった
暗い木立ちを抜けながら
あのポーランド生まれの作家
若いころから勉強して船長の資格をとったんだっけ
たしか武器密輸なんかもやったんだとおもった

31

手帳に書いた予定の日が
かならず来る
世の中に
これくらい恐ろしいことはない

それにしても
ずいぶん手帳がたまった
書かれているのは
愚行と感傷の涎

去年の一冊をぱらぱらめくる
生活費の計算や
なぜかわからないが
華氏を摂氏に換算する公式など

数字もいくらか記してあるが
ひどい手だ　ほかに
曲線や六面体らしい図もあるが
まったく意味不明

手帳を閉じて
四月なのに

まだすこし寒い夜の台所へ……
予定日

すべて来たり去り
いつか予定に絶対はいらない日が
くるんですか、と
ひとりごとをいいながら

包丁をとる
こころが休まる
でも、それまでには
いろいろと予定があって

やはり厄介な日々はつづく
手帳の白いページが
こわい思いに
つぎつぎとめくられていくだろう

窓のそとは闇
そこからこっちを向いて
ゆっくり頷いている
カニの甲羅のような顔

32

いかんせん　骨の白きを
といわんばかりに
風がふく
花でも葉でも
ひとつも落ちずにがんばっているのに
なんと
こちらは倒れそうだ
なしとげられないことはなしとげられないままに
それこそ

風にさらされていればいい
木だってなにひとつ完結しているわけではないのだ
立っていられなければ
油くさい舗道に伏せていればいい
ボタン穴のようになつかしい空虚だって
りっぱに充満しているかもしれないじゃないか
風はふき
響きはとどろき
重いけれど肉の足はうごき
四月は

尽きた

33

なにか滴るような音がする
水だろうか
暗闇にベッドから下りて調べにいく気はしない
水でなければ
なんでありうるか
夢のなかの答えはいくつもある
きょうは平穏な一日だった
窓のそとが

うす暗くなるまで雨がふりつづき
風がないのに
夜なかにかけてゆっくりやんでいった

鞍をつかんで
地面を蹴るような思いをしたのは
いつのころのことだったろう

むろん空は青かったし
水は
そのためにあったようだった
愛する人の体じゅうからあんなに汗がしたたるなんて
思いもしなかった

コップを持っていく自分の指が
とってもあお白くみえた

あれは
水
そうにきまっている
そうでなければ
なんでありえないか
夢のなかの答えがいくつあったって
ほかのいろであるわけがない
あしたも
おなじいろの天気であればいい

あとがき

八年前から住んでいる横浜市中区はおもしろいところで、同じ区内で住居を一度変えましたが、ちょっと歩くと旧競馬場（現在森林公園）や牧場、畑地があったり、また、下町ふうの商店街や歓楽街が点在したりしています。ここに住んでいる人たちにとって、港は物心両面での支えのようにみえますが、ぼくにとっては、つねにひとつの象徴でした。なんの象徴かは、しかとわからないのですが、たいそう具体的な抽象であって、官能的であるかと思うと、まったく無愛想な、ある変幻する存在です。

この詩集は「現代詩手帖」一九八八年一月号から六

月号までに連載した「港の人」二十三篇のうちから二十篇を選び、これにほぼ同じか、近い期間に作った十三篇を加えて、再構成したものです。〈港の人〉とは、気まぐれなぼくであり、また、ぼくとはまったく別の人でもあるようです。

22ページの一行め、「弔問客は蒼蝿ばかり」は三好豊一郎「寒山詩戯訳」から引きました。また、62ページの三行め、「a grief ago」は、むかし読んだディラン・トマスの詩にあったように記憶しています。

一九八八年八月

北村太郎

初出一覧

1（暑い朝）「ポエトリー関東」8号 87年
2（どんなに想像力ゆたかな人でも）「楽隊」8号 87年
3（にんげんはことばを発明したときから）「季節」12号 87年
4（都市は輝いてみえる）「文藝」夏季号 88年
5（弔問客は蒼蠅ばかり）「現代詩手帖」1月号 88年
6（時間がくるくるまわって）「文藝春秋」1月号 88年
7（無は一つみたいだけれど）「現代詩手帖」6月号 88年
8（窓が震えている）「海都」 87年
9（あの子がぼくに鏡をくれたのは）「四重唱」10号 88年
10（閉所恐怖があり）「現代詩手帖」1月号 87年
11（ひどく冷たい強風なのに）「現代詩手帖」1月号 88年
12（とくににんげんは）「現代詩手帖」3月号 88年
13（過ぎ去ったよろこびは）「現代詩手帖」2月号 88年
14（古ネズミはチーズを食わない）「現代詩手帖」4月号 88年
15（いまは）「現代詩手帖」3月号 88年
16（おなかをこわす）「現代詩手帖」4月号 88年

17　（元町の）　「現代詩手帖」2月号　88年
18　（雪の海のうえから）　「現代詩手帖」2月号　88年
19　（どのくらい前？）　「現代詩手帖」3月号　88年
20　（ごく薄くマーガリンをぬったパンを食べながら）　「現代詩手帖」5月号　88年
21　（朝の光がさしこんできても）　「現代詩手帖」5月号　88年
22　（現象を）　「詩学」8月号　85年
23　（からだが）　「現代詩手帖」4月号　88年
24　（黄が緑にちかいように）　「現代詩手帖」3月号　88年
25　（だれも見ていないから）　「現代詩手帖」1月号　88年
26　（あんなにもしっかり眠っていて）　「朝日新聞」2月5日号　88年
27　（ガラス窓のすぐ向こうに見えるクスノキの部分）　「文藝」夏季号　88年
28　（ジンチョウゲがにおう）　「現代詩手帖」4月号　88年
29　（坂道を）　「文藝」夏季号　88年
30　（むかし船員になりたいとおもったことがあった）　「現代詩手帖」5月号　88年
31　（手帳に書いた予定の日が）　「現代詩手帖」6月号　88年
32　（いかんせん　骨の白きを）　「現代詩手帖」6月号　88年
33　（なにか滴るような音がする）　「灯」1号　88年

単行本未収録詩

少年の夢

またはいつまでも来ない人

（ねえ　何を夢みているの？）
だれもいなかった　光りの
輪のなかに　詩集がひろげてあった
少年の耳には　ほそくなってゆく雨と
脚をこする虫たちしか　きこえなかった

少年は葡萄のような瞳を
ページにもどした　そこには

たくさんの文字があった　イメージが
アクセントがあった
少年の魂の指はさわった
秩序を　かがやく生を　すべての
冷たいものを？

（ねえ　何を夢みているの？）
少年は　やさしい人がやって来て
本当にそうささやくのを夢みていた

1953.8.26

ある男の肖像

靄は街のまぶた
夜明けの屋根は山高帽子
曇りガラスの二重窓をひらいて
ぼくは　無精髭の下にひそむシガレットをくわえる

賭けてもいいが　ぼくは
興奮する夢をみた　凍つた血の
色のなかのナイフ……ぼくの
こころの壁に　非常に

はやく動く尖つた鉛筆…「ぼくは殺した　ぼくは殺した…」ヘーリオスの
冷たい光りが　十二月の
街のうえの空の頬を　少し明るくする　あの
たかいところから見れば　窓の
椅子に坐つているぼくは
死につつあるちいさな瞳である

ぼくは陽気な労働者のように　唇をまるくして煙りを吐きだす
そのむこうに　まだ静かな冬がある……
夜明けの屋根は山高帽子
靄は街のまぶた

（一九五三年十二月）

ねこ

うちのねこは
チャコっていうんだけど
どこかへ　いっちゃったんだ
みけねこのめすで
目はうすみどりで
いつも　なでてやると
ぼくのゆび　なめてたよ
げえげえ　はいてたから
じゅういさん　よんで

ちゅうしゃをしてもらったんだ
はりをさしたら
ぎゃっといったけど
あとは　おとなしくしていたよ
そのうちに　いなくなっちゃったんだ
おかあさんは
しににいったんだっていうけど
へんだよ
あきらめきれないよ
目はうすみどりで
いつも　なでてやると
ぼくのゆび　なめてたよ

水たまり

ゆうだちだから
すぐに　やんだ

ほうぼうに
水たまりができて
あっちのいえから
こっちのいえから

ながぐつはいた　ともだち
にこにこ　かけてくる

ぼくも　いっしょに
ばしゃばしゃ　やるか

ゆうやけがうつってる
水たまりに

ぼくがトップで　とびこんで
ぐちゃぐちゃ　やるか

生と死の微分法

平出隆

　或る詩的精神の存在したことを引き立てることと、それを忘却の淵に沈めないようにすることとのあいだには危険な均衡がある。通常はひとつのことと思われているが、救出に賑わいを添えようとする回想の身ぶりによって、救出困難という状況が生れる。多かれ少なかれ、死して名をとどめる詩人はみな、この危険な均衡の上にいる。華々しく救出されたように見える場合はいっそう、救い難きに至るというわけだ。

　小説的虚構によって、対象をより早く死なしめる場合のことを指す。「小説的」であることは、「詩」を殺す力を原理的に有しているからである。しかも、「詩」の作者を別の者として作り変えた上で、ということであるなら、二度、殺すことになる。

或る詩的精神とは、このようにして、まったく別のところにいて救出されていないか、さもなければ、二重に殺されかけている者のことである。したがって、それを蘇らせる行為もまた、二度、あるいは二重に生かしめるプログラムを抱えなおす。必然的に、このプログラムが「回想」に与える権限は、果てしなく限定的であり、便宜的にして方法的なものとなる。

或る詩的精神を救済するためには、むしろそれが、忘却の淵へみずから進んで入っていくところを見なくてはならない。そうすれば、危険な均衡というものが意味を得て、詩的精神と呼んだものが特異な人格でも特殊な能力でもなく、ひとつの場所での独異の言語的行為の現象であることを知ることになるだろう。

ふさわしい証しは時として、とても遠いところから来る。一九五三年の小さな詩の書き出しである。

（ねえ　何を夢みているの？）
だれもいなかった　光りの

輪のなかに　詩集がひろげてあった
少年の耳には　ほそくなってゆく雨と
脚をこする虫たちしか　きこえなかった

このような古い活字の呼び起してくるものが、その人の早くからもっていたであろう筆跡であることは、生物学的ともいえる不思議に属する。筆記から活字化に至るあいだにも生命の場所があるということだ。避けられない筆跡を通じ、またかつては新しかった活字に組みあげられることによって、それは精神と呼ばれるものになったはずである。それなのに、いったん忘却の底まで達したことばは、その人のものでしかない手指の軌跡を求めて、その淵ともう一度ひとつになろうとする。しかも軌跡は、起点から終点に至る生涯の軌跡ではない。一文字の中で起り、次の文字に至る前に終る軌跡であり、一定の極小空間の中でこそ、生成から羽化までをくり返していく軌跡である。晩年にはワープロなるものをつかうことになって、「詩を打つ」ことになったか、との感慨をつぶやいたとはいえ、彼の筆跡はキーを「打つ」その仕草にもつづいた。

北村太郎の詩稿を私が目にする機会は、詩誌「書紀」に一九七七年、「神経科医院のある坂」という詩をいただき、翌年刊行したときからはじまった。その後、「文藝」誌の編集者としてその原稿を受け取る機会は、二十度を超えただろうか。飾りなくかつ丁寧なペンの運びであり、払いや撥ねのところでためらうようにブレーキがかかり、そのつど筆勢は倒れそうになり、それでもなお必要なもうひと踏ん張りとして、素直に律儀に止めを入れようとする心が見えた。

『港の人』（一九八八年）は、生涯の最後から二番目の詩集である。三十三の短い詩が並ぶ構成の、最後から二番目の詩の書き出しが次である。

いかんせん　骨の白きを
といわんばかりに
風がふく
花でも葉でも
ひとつも落ちずにがんばっているのに

なんと
こちらは倒れそうだ

みずから忘却の淵に入っていく、とはこのようなことばの仕草のことだ。「少年の夢」からここまで、三十五年が過ぎている。それでも、筆跡は同じである。人は容易に、リズムだ、韻だ、文体だというが、「少年の夢」と「港の人」32とが同じくしているところのものは、なかなかに名づけえない。私としてもそれを「筆跡」とすることで片付くとは思わないが、すぐれた詩人の詩にはいいえぬそれが行程をもった踏ん張りとしてあることをいうについて、ことにそれが北村太郎の場合、別にふさわしいことばが見つかりそうにない。では、その筆跡が触れつづける変化とはなにか。

一九七八年八月、私は入社し立ての雑誌「文藝」の編集者として、北村太郎から「油壺」という題名の、いかにも暑さを危機として湛えたというべき詩を受け取った。前後して、同じ九月号に掲載するための対談を収録すべく、田村隆一とともに代々木上原の西脇順三郎宅を訪問し、対談収録の後、山の上ホテ

ルのバーに流れて「大詩人」の悲惨な振舞いと形相を目の当りにしつつワイングラスを傾けることになった。もし私がこのシーンを小説に書くならば、彼の詩のすべての一行を必死で支える散文として試みるほかはない。そのとき、登場人物のせりふはすべての詩の一行として、小説の隅々に響き渡るように鍊成しなおされなければならないだろう。

一九七八年の十一月か、「文藝」の一・二月合併号のために北村太郎から「さそり座」という一篇の詩を受け取った。のちに「ススキが風上へなびくような」と改題された詩には長い詞書があって、この箇所は自分の詩を読む最初の人間に対する直接の釈明のようにさえ映るものだった。宿命というものを信じなかった自身が、「自分の身のうえに起こった変事」をふり返り、四半世紀以上前の「奇禍」と三年近く前の「事件」とから、やがて「神といわないまでも何ものかの手がわたくしを操っているのではないか」と訝かしむようになるという記述である。この「手」は、そうして、「自分の未来をいい当てる詩を幾つか」書かせてしまうというのである。

この詩稿授受の席で、北村太郎は私に、事件の渦中であることの困憊を隠そうとしなかった。なんだ、きみもさそり座か。だったら、気をつけたほうがいいよ。パーティーには、努めて出るように。でないと、ぼくみたいに詩壇からハグれちまうぜ。――詩人の星占いはほぼ的中したようではある。この年はまた、二百字詰原稿用紙七枚の時評的なエッセイを、毎月下旬に受け取る流れになった。

武蔵溝ノ口の駅から十分ほど歩いた、墓地に近い傾斜地の、学生下宿にしか見えないふた間の仮寓は、彼が家庭を出てすぐに縋った物件だった。初めて訪ねたとき、そこにすでに鮎川信夫と田村和子がいて、三人はまるで火事で焼け出された書生とそれを労わる仲間、というようなみずみずしい会話を交わしていた。大人なら、そんな他愛ない言い方は普通しない。文学者なら、そんな普通なことは、普通いわない。そのみずみずしさは、いわゆる小説的な会話から限りなく脱落していくようなものであった。

北村太郎は書き上げたばかりの、文壇の重鎮の翻訳観を批判する原稿を鮎川信夫に読ませ、発表に堪えるかを尋ねた。畳の間で詩友は時間をかけてそれを読むと、いいんじゃないか、といった。五十代の二人にしてこのような淡交があり、それを人目に隠そうともしなかった。その簡朴至極の空気さえ吸い込めていれば、「荒地」を書くことは恐ろしく魅力的なものになるはずだった。

詩集『港の人』は、家庭を捨てた北村太郎が、彼を労わる者たちの圏内からもやがて離れて、みずからを横浜という固有の都会の中へ解き放とうとする姿をとどめた詩集である。ジーンズに穿きなおして、とでもいうふうな初々しい仕草と、紛れ入るべき群衆を見定めて、というような最後の気配とが綯交ぜになる。

「つるべ落としの秋の日が／根岸の丘のうえから見える／こちらが反自然であればこそなんと自然はうつくしいか／なんとにんげんはなまめかしいか」と、目は外部へ見開かれ、それでもなお外景は、つねに照応される内面とさざめきあう。詩のことばはひたすら接点として移動する。接点は生と死のあいだを、その傾きを微分する。詩人は街区と交わることはない。彼は接点であり、接線の傾きを知るしかない。別の詩では船上から、「根岸の丘」はシルエットとなるばかりだろう。

ひとつの断章では、「あの子」がくれた鏡に、少年アリスが現れるかと一瞬思わせもするが、みずからたやすくその安いからくりを暴き、魔法を手放してしまう。すでに死は気配として広がっている。一生は一日としてはじまり、一日は一生として暮れかかり、輝く都市の階段は寛大に簡潔に響く。

ほんの少し窓を開け
港の手前の小都会をうかがう
あのひろびろとした怖い展望！

ここから三十年前の次の詩行へは、すぐにつながっている。

少年は葡萄のような瞳を
ページにもどした　そこには
たくさんの文字があった　イメージが
アクセントがあった
少年の魂の指はさわった
秩序を　かがやく生を　すべての
冷たいものを？

精妙なリズム、繊細な音韻、柔和な文体をもちながら、その指先に広がるの

は散文という街区や港湾であり、冷たい死に接する外面世界である。散文を詩句として試みるということは、北村太郎の場合、その境界をつつましい不良少年の内面を持して歩くことになる。歩きながら、観察の目は揺れる。葡萄のようなこの目は細部に対して大きく見開かれている。細部を歩いているのかと思えるほどに、である。歩きが飄々としていながら丁寧なので、「試みられる文」もまた筆跡を残す。そして筆跡は一字一字、消えていく。一歩一歩の足跡とともに消えていく。

なにかを避ける、避けながら進む、ということが生きるということに近い。生命本能は死や危険を避けるばかりではなく、ありきたりの詩を、自分自身の予測される常軌をも避けるようにして進む。

避ける、とは迂路を選ぶことであり、曲線化の選択である。しかし、避けることが必至であると知られた場合、迂路はじつは直路であったと判明する。さそり座の「宿命」の認識はそこに関わっている。

どの曲線も率直であり
あらゆる突起は自然である

迂路が直路へと変換されるその瞬間、曲線は一直線となり、したがって、歩みは事後的にせよ断言され、歩みを取り巻いていたはずの都市のほうが、この直線化によって烈しく湾曲するようだ。このとき、筆跡とは微分のことである。『港の人』は横浜という近しい都会への、ぐずついた投身の試みである。しかし、すでにして内面世界をつらぬく道は、横浜を湾曲させて呑み込むほどに広がっている。都会の中の歩みも室内の移動も、その途上での観察も、すべては足先を跳ね上げながら詩の一行を進み下り、ときには踏みとどまり、ときには気まぐれに逸れる。しかし、二股に分れることはなく矛盾は精神の中で分岐するだけ、足跡と筆跡とは二重化するだけだ。

或る精神はそれ自体の中に矛盾を孕み、その矛盾の単独性において、或る精神といえるものとなる。次につづくことばの細部を、好ましい詩行として読むのでは、なにも見えない。外部世界への慕わしくも中途半端な投身、ためらいがちの彷徨として、その二重の筆跡を幻視するほかは、まやかしの理解に落ちるだろう。

手帳に書いた予定の日が
かならず来る
世の中に
これくらい恐ろしいことはない

そこで終らずにこうつづく。「それにしても／ずいぶん手帳がたまった／書かれているのは／愚行と感傷の涎」「去年の一冊をぱらぱらめくる／生活費の計算や／なぜかわからないが／華氏を摂氏に換算する公式など」と書かれたあとも、さらにつづく。

数字もいくらか記してあるが
ひどい手だ　ほかに
曲線や六面体らしい図もあるが
まったく意味不明

ここでもまだ終らない。どこまでも生に近い死については、「黄が緑にちかいように」と書いた手だ。だらだらとして、生は死に、緑は黄に近づく。この「手」ということばの多重の意味は、生と死のあいだを無限小へ分割する微分の捌きとひとつになる。

生の破綻がもたらすのは詩の好機なのか、詩の破綻なのか。このような人にとっては、もちろん、そのどちらでもない。そもそも、「詩」は「ことば」ほどは重要な課題ではない。さらにいえば、その生は破綻したのではない。「ひどい手だ」と自分の筆跡を見る目は、同時に、そう書く手でもある。

この手は、詩であろうとする意思にかかわらず、自分の消え入る淵を、その破綻をさえ微分法で書こうとしている。書くという行為がすでに、忘却されること、という極限によって選びとられているからだ。このような真の死の受諾こそが、北村太郎という存在の dignity といえるだろう。

一日は
一生として

まもなく
まったく同じあすを夢みるだけである

底本
『港の人』思潮社　一九八八年十月
初出
少年の夢　「Books 十四社出版だより」42号　Books の会　一九五三年十月
ある男の肖像　「制作」Vol.1　一九五四年
ねこ
水たまり　以上二篇、「子どもの館」78号　福音館書店　一九七九年十一月

北村太郎◎きたむら・たろう　一九二二－九二

詩人。一九二二年、東京の谷中に生まれる。東京府立第三商業学校のころ、短歌、俳句、詩の創作に関心をもつ。同人誌「ルナ」（のち「ル・バル」）に参加。四三年海軍の武山海兵団に入団。四六年東大仏文科に入学、四七年鮎川信夫、田村隆一らとともに「荒地」を創刊。四九年大学卒業。五一年朝日新聞社にはいり、校閲部に勤務。以後七六年に退社するまで勤める。六六年第一詩集『北村太郎詩集』を刊行。七六年詩集『眠りの祈り』で無限賞受賞。ほかに『冬の当直』『ピアノ線の夢』『悪の花』、『犬の時代』（芸術選奨文部大臣賞）、『笑いの成功』など、生涯に十六本の詩集を編む。本詩集『港の人』で、八九年読売文学賞受賞。全詩集に『北村太郎の全詩篇』、著作集に『北村太郎の仕事』全三巻がある。エッセイ集に『パスカルの大きな眼』『世紀末の微光』『樹上の猫』『光が射してくる』ほか多数。翻訳家としても活躍する。九二年秋死去。

港の人　付単行本未収録詩

二〇一七年九月二十六日初版第一刷発行
二〇二〇年十二月　四日初版第二刷発行

著　者　北村太郎
解　説　平出隆
発行者　上野勇治
発　行　港の人
神奈川県鎌倉市由比ガ浜三—一一—四九
〒二四八—〇〇一四
電話〇四六七—六〇—一三七四
ファックス〇四六七—六〇—一三七五
印刷製本　創栄図書印刷

ISBN978-4-89629-331-9